KB005915

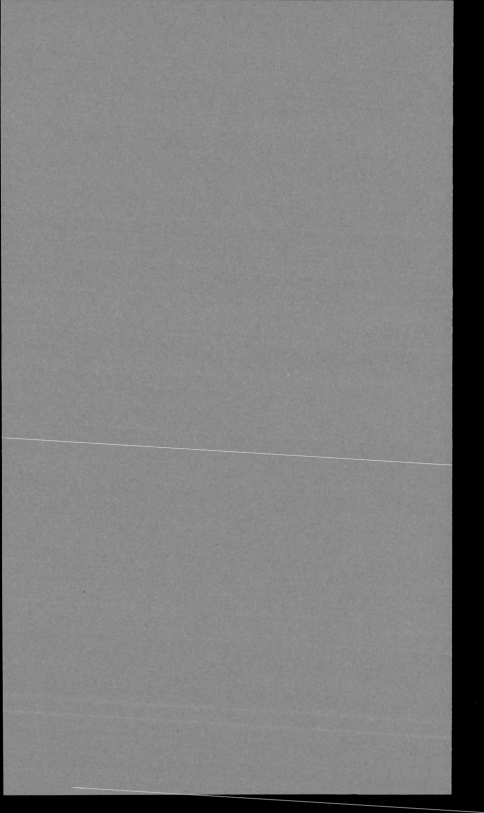

나는 사랑을 주는 자

시와함께(Along with Poetry) 시인선 019

배정화 시집

시와함께 넓은마루

　고등학교 학창 시절에 친구들이 나를 문학소녀로 불러 주었는데 수십 년 만에 2021년 〈월간 신문예〉 시 부문 신인문학상을 받음으로써 시인의 꿈을 이루었다. 그해 연말에는 제21회 황진이문학상 최우수상을 받음으로써 탄탄대로의 시인의 길을 걷게 되었다.

　시인이 되는 꿈을 이루게 된 것은 고등학교 졸업 50년 만에 동창들의 극적인 만남과 국어 선생님이셨던 시인 허만길 문학박사님의 만남 때문이었다. 친구들은 나의 분신처럼 깊은 사랑으로 다가왔고, 선생님은 내가 다시 시를 지을 수 있도록 하셨다. 선생님은 나의 시를 이메일로 받아보시고 지도해 주셔서 나의 시의 문이 밝게 열리어 갔다.

시인으로 등단한 지 일 년 이상을 보내고서, 설레는 마음으로 첫 시집 「나는 사랑을 주는 자」를 발간하게 되었다. 시집 발간을 계기로 나는 들판에 피어난 들꽃처럼 잔잔한 미소를 보내면서 행복을 나눌 수 있는 그런 시인이 되어야겠다고 다짐한다. 끊임없이 노력하여야 한다고 다짐한다. 오늘에 이르기까지 나를 인도하신 하나님께 감사드린다.

  문학소녀가 시인이 되어 시집을 내기까지 이끌어 주신 허만길 문학박사님의 은혜에 감사드린다. 스승님은 나의 시집에 '배정화 시인의 시의 세계 – 자연 찬미, 자연 속 인간 투사, 진정한 환자 사랑'이라는 제목으로 평론도 써 주셨으니, 더더욱 감사하다.

  나의 시 창작 활동과 문단 활동에 바쁜 가운데도 인내와 사랑으로 보살펴 준 남편과 끊임없는 응원과 정성을 보내 준 아들딸에게 고마움의 마음을 전한다.

2022년 11월 15일

배정화

| 차례 |

특별 부록 l 남편 서장원 님의 시

자연 찬미, 자연 속 인간 투사, 진정한 환자 사랑

허만길(시인·문학박사)

제1부

자연의 시

자연의 시

밝은 미소 머금은 사과나무
연분홍 저고리 초록색 치마 입으니
더더욱 아름답다.

사과꽃이 무척이나 많이 피어
손 빠르게 솎아 주는데
벌들은 사과꽃 꿀샘에 흠뻑 빠져
시간 가는 줄 모른다.

한참 지나
꿀에 취해 무거워진 몸
뒷발 탁탁 치며 꽃가루 묻히더니
쏜살같이 날아간다.

편백나무 위에선 노랑턱멧새
기분 좋아 목청 자랑한다.

봄꽃이 주는 선물

밀려오는 꽃바람의 함성
희망의 날개를 활짝 펼친다.
가슴에 뜨거운 열망을 지핀
극치의 아름다운 꽃망울들
설레는 마음이 불을 밝힌다.
눈부신 꽃의 순수함과 신비로움
자연의 법칙대로 질서 정연하게 피어난
산수유, 목련, 벚꽃, 개나리, 진달래,
수선화, 영산홍, 튤립
형형색색의 아름다운 꽃과
진한 향기 내게 가득 풍겨 오니
나는 고운 색동저고리
빨간 치마 입은 소녀가 된다.

길목에 핀 야생화

밭으로 가는 길목에
질경이 꽃이
자신을 보란 듯 피어 있다.

바쁜 걸음 멈추고
예쁘다 칭찬하니
하하호호 좋아라 웃네.

밭으로 가는 길목에
하얀 별꽃도 피어
나를 반가이 맞이한다.

바쁜 걸음 멈추고
예쁘다 칭찬하니
하늘하늘 춤추네.

유월의 시

강하게 내리 쬐는
유월의 햇볕에
깜짝 놀란 녹색 식물들
눈망울이 반짝반짝 더욱 빛난다.
논에 심어진 어린 벼는
힘이 나서 광합성 작용이 바쁘다.
잎 넓은 옥수수는 수염을 기르며
빨리 열매를 맺고 싶은가 보다.
잎을 더 넓게 벌려 볕을 쬐니
곁순이 뾰족뾰족 나온다.
나도 겨드랑이에서
날개가 나올 것만 같다.

인동초

새벽이 크게 기지개 켜고
시원한 바람 일찍 일렁이니
아침 이슬이 온데간데없다.

인동초 앞에 서니
엊그제는 새하얀 옷
오늘은 샛노란 옷 입고 뽐낸다.

제 몸 바로 서지 못하고
주목 가지 휘감고 오르기에
줏대 없다 하였는데

강인함 보여 주려고
좋은 약재로 되돌아오니
사랑과 희생의 마음
어찌 진하지 않으리.

연꽃

부처님의 꽃이라서
벌 나비들도 가까이
다가가지 못하는 연꽃

내면의 깊은
고독을 삭이지 못해
더 깊은 진흙탕 속에서
고고히 뿌리내려
세상을 정화시키는 꽃을 피웠을까.

삶을 달관한 해탈함이여
염화시중의 미소로
잔잔히 빛나는구나.

송화

봄바람이 돌고 돌아
송화를 싸고 감돌아
꽃가루를 모두 날려 보낸다.

자연의 밝은 아름다움에
바람이 붓이 되어 덧입히니
아름다운 산수화가 된다.

송화와 바람은
불꽃놀이하듯
온 세상을 노랗게 물들인다.

정월 대보름날 내리는 눈

허공에 가득 찬
반짝이는 눈꽃송이들
빛 고운 춤사위로
하늘하늘 내려오는데

심술궂은 바람이
눈꽃송이들을 이리저리 끌고 다니며
어지럽게 고통을 주다 사라진다.

치맛자락처럼 휘날리던
눈꽃송이들만 온 세상 가득하고
정월대보름날이지만 달을 볼 수 없다.

눈꽃송이들은 새색시처럼
나뭇가지에도 지붕 위에도 살포시 앉아
삼라만상을 정결하게 한다.

뜰 안의 봄

단비를 맞으니
샛노란 산수유 꽃망울이 톡톡 터지며
노란 미소로 봄을 알린다.

새하얀 목련 꽃봉오리
하얀 꿈에 부풀고
풀꽃도 가느다란 햇살 받으며
따뜻한 눈웃음을 짓는다.

봄은 우리에게 꿈을 주고
봄은 마음을 살찌게 하는
생명의 원동력이 된다.

찔레꽃

밝은 햇살 가득한 봄의 끝자락
꽃나무 사이 비집고 들어와
가시로 날 세우고 자리 넓힌다.

하얀 새벽부터 하얀 꽃 피워
가슴 깊은 곳 외로움을
꽃바람 깊은 향으로 드리운다.

새의 노래 시작되니
외로움은 끝나고
여유로움과 기쁨이 물결친다.

다래꽃

다래나무 옆을 무심코 지나다가
향기에 놀라 온 사방 둘러보니
잔잔하게 달빛에 빛나는 진주
하늘의 하얀 별들이 내려온 듯하다.

날이 밝아 살펴보니
연둣빛 꽃봉오리와
어깨 편 하얀 꽃잎 웃음

이슬 머금어 청아함 더하고
보석보다 아름답네.

은은한 향기
햇살에 더더욱 진하게 퍼지니
벌은 붕붕대며 꿀 나르기 바쁘고
새들은 가슴 설레어 노래한다.

노란 은행잎

예쁜 옷 입은 아기처럼
고운 옷 갈아입은 노오란 은행잎
찬바람에 휘날리며 떨어진다.

오늘은 입동
거리마다 양탄자를 깔아놓은 듯
아름다운 길을 걸으며
노랗게 물든 마음

은행나무야
벗은 몸으로 많이 춥겠구나.
내 옷을 벗어주랴.

풀벌레들의 무대

밤이 무르익을 즈음
거실 큰 창문 활짝 여니
풀벌레들의 청아한 노래
쏟아져 들어온다.
수풀은 무대
거실은 관객석
지칠 줄 모르는
아름다운 노래 연주
새날이 밝아오매
풀벌레들의 공연은
대성공적으로 막을 내린다.

7월의 노래

7월이 되자
기다렸다는 듯
무더위가 기승을 부린다.
백합은 진한 향기 뿜어내고
블루베리는 질세라
흑진주라 뽐내며 빛을 발한다.
먼발치에 있는 개망초꽃은
나도 꽃이라며 손짓한다.
가까이 다가가
해맑고 예쁜 아기 같다고 칭찬하니
부끄러운 듯 고개 숙인다.
편백나무 위에선 노랑턱멧새가
기분 좋게 목청 자랑한다.

제2부

사이좋게 지낼게요

영원한 친구

블루베리 밭에
하얀 꽃, 연분홍 꽃이 만발하여
저절로 발걸음이 옮겨진다.

잔잔히 보고 있노라니
도란도란 말하는 소리는
제비꽃이 블루베리에게 하는 말이다

"당신은 키도 크고
좋은 열매를 많이 맺어 주니
사람들이 즐겨 먹으며
칭송을 하니 좋겠소."

"제비꽃, 당신은 키가 작고
나처럼 열매는 맺지 않으나
무척 곱고 아름다운 꽃을 피우니
얼마나 이뻐요."

제비꽃이 블루베리에게 하는 말
"사람들은 외모만 보고 판단하는데
당신은 마음 중심을 봐 주니 고맙소."

둘이 하는 말
"우리 영원히 좋은 친구가 됩시다."

사이좋게 지낼 게요

뜰 안에 두 소나무가 있다.
한 그루는 금송
한 그루는 해송
둘 사이의 거리가 좁아져
고민이 된다.

금송을 파 낼까
해송을 잘라 낼까
생각하는 사이에
훌쩍 큰 두 소나무

금송과 해송이 하는 말
사이좋게 지낼 게요.

오리 가족

늦가을 한낮
시냇가에 햇살 퍼지니
갈대마저 살랑살랑 몸을 흔든다.

어미 오리와
아기 오리 네 마리
한가로이 놀이터에서 놀고 있다.

즐겁게 놀던 중
어미 오리가 갑자기 사라졌다.
아기 오리들 뒤뚱거리며
엄마를 찾고 있을 때
먼 거리에 어미 오리가 나타났다.

아기 오리들이 쏜살같이 달려가
엄마 오리를 둘러싸고
안심이라도 한 듯 종종거리는 것을 보고
엄마 없는 아이들이 생각난다.

거미의 교육장

인적 드문 뒤뜰은
거미의 교육장이다.

어미는 교관이고
새끼 여덟 마리는 교육생
넓게 펼쳐진 운동장에서
새끼들이 거미줄 따라
앞으로 뒤로 오가며
열심히 교육을 받고 있다.

하루가 지나
다시 교육 현장에 가 보니
어미와 새끼 두 마리만 남아
수업 중인 듯하다

무슨 일이든 오랜 시간 노력하고
경험을 쌓아야
튼튼하고 안전한 집을 지으리라.

가을비

말 한마디 못하고
가슴앓이만 하더니
기어이 눈물이 굵은 비로 쏟아지고
시냇물이 되어 흐른다.

그대의 흐르는 눈물에
밭이 마를 새가 없으니
밭작물은 터지고 갈라지고
기울어 쓰러지니 울상이다.

가을비야.
이제 가슴앓이 그만하고
누군가를 사랑해 보렴.

나의 사계절

이른 봄날
차가운 내 몸을
따사로운 햇살이 감싸 준다.

물오른 나뭇가지에
파릇파릇 새 잎 돋아나고
움츠러들었던 마음을 한껏 펼친다.

설레며 피어나는 꽃은
희망을 안겨 주는 꿈나무

봄, 여름 지나면
곡식과 과일 익어 가는 풍성한 가을
내 영혼도 밝고 맑게 살찌는 소리
은혜가 넘치는 강이 되어
순수한 시인의 마음이 바다로 흘러가리라.

한겨울 벌거숭이 나무들에게

눈부신 함박눈 옷을 입혀

설국으로 장식하면

신이 내린 선물과 무엇이 다르랴.

새봄이 온다

샛바람 타고
새봄이 온다.

햇살 품은 파아란 바다가
새봄을 마중한다.

갯벌에는 송송 뚫린 구멍마다
몸을 숨긴 맛조개
하나 둘 캐어 올리니
봄노래가 춤을 춘다.

봄바람이 매화나무 꽃망울에
입을 맞추니
방긋방긋 꽃이 활짝 핀다.

낙엽 뚫고 올라온 샛노란 복수초가
나도 여기 있노라고
방시레 고개를 빼어든다.

제3부

고추 심는 날

장항아리

장항아리
옹기종기
서열대로 앉았다.

각각 다른 모양이나
주인의 사랑을 받으니
반짝반짝 더욱 빛난다.

수십 년의 연륜 쌓인
간장, 된장, 고추장 넣어
온갖 건강 음식 만든다.

전통 장맛 지키리라.

초여름이 달군다

각종 씨앗과
모종을 심는다.

퉁퉁 불은 젖을
배고픈 아기에게 물리듯이
흙이 흠뻑 젖도록
비가 내린다.

비가 걷히니
기다렸다는 듯
초여름 햇살이 뜨겁게 달군다.

씨앗은 여기저기서
툭탁툭탁 터지며
자기만의 몸짓으로
춤추며 자란다.

볏짚 세 단과 마늘종

논에 있는 볏짚단을 밭으로 옮기는데
생강 밭 덮어 주기 위해
볏짚 두 단만 줄 수 없냐고
동네 아주머니가 물으셨다.

흔쾌히 대답하고
차 몰고 나가는 남편에게
넉넉히 드리라고 했더니
세 단이면 넉넉하다고 하셨단다.

얼마 지났을까
문밖에 나오니
마늘종 한 봉지가 놓여 있었다.

짚을 드렸더니
고마워서 마늘종을 놓고 가셨던 것

허리도 굽어 힘들게 따신 마늘종

안쓰럽고 감사한 마음으로
밑반찬 만들기에 분주한데

뻐꾹뻐꾹 뻐꾹새의 노래가
맑은 하늘에 울려 퍼져
더욱 신이 나는 인정

봄의 싱그러움

비 온 뒤의 하늘은
구름 한 점 없는
푸른 바다

화덕에 솥 걸고 콩 삶는데
물 끓어 넘쳐 잰걸음에
된장 한 숟가락 넣으니
얌전한 새아씨

파란 바다 날으는 비행기는
웅 웅 웅
뜸들이라 재촉하고

복숭아꽃 영산홍은
날 봐 달라 재촉한다.

불경기

농민들에게 친근한 농협 마트
우리는 자급자족하기에
가뭄에 콩 나듯 드나드는 그곳

온갖 상품이 질서정연하게 선보이나
나의 카트에 담은 것은
필수품 두 가지와
천혜향 한 박스

매장 한 켠에 자리 잡은
꽃들의 아름다운 자태
소비자의 마음을 잡아보려 하나
먼 산 보듯 한다.

농산물과 해산물 생활필수품
진열장에서 하품만 하고 있는 것 같아
안타깝기만 하다.

옥수수 밭에서

맛있는 옥수수
마음속에 그리며
시원한 새벽녘에
뾰족뾰족 올라온 풀 매어 준다.

통통한 옥수수
마음속에 그리며
시원한 바람 불어 오는
저녁나절 길쭉길쭉 자란 풀 매어 준다.

맛나게 쪄낸 옥수수
마음속에 그려지니
어느 사이 어둠이 세상을
검게 물들이고 있어
긴 풀 매다 일어선다.

고추 심는 날

고추 모가 제법 튼실하다.
애정으로 심어 놓으니
줄줄이 제몫을 다해 보기 좋다.

음식 장만에 채소가 귀중하다 해도
고추보다 더 귀중하랴.

해가 서산으로 넘어가고
밝음과 어둠이 교차하는 순간
냉이꽃 유채꽃이 춥다고 몸을 움츠린다.

잘 심어진 고추 모종들
버팀대 꽂고 부직포 씌워 주니
고추 농사 반은 지은 셈이다.

어둠이 몰려와
우리 부부는 일손을 멈추고
밀레의 저녁 종소리를 연상하며
둥지 속으로 들어간다.

사랑해요 브로콜리

브로콜리 모종을
뒤늦게 심었다.

큰 잎이 덮인 곳을 들추어 보니
숨어서 자란 브로콜리가
"까꿍, 나 여기 있지." 말하는 것만 같다.

이웃집에
몇 송이 살짝 놓고 오니
맘이 훈훈해져
봄인지 겨울인지 알 수 없는 날이다.

사랑해요, 브로콜리

가지치기

과실나무 물오르기 전
농부의 손이 무척 바쁘다.
슥싹슥싹
리듬에 맞춰 톱은 노래한다.
잘려 나간 나뭇가지는
모아서 땔감으로 쓰고
남은 가지는
생동하는 봄을 맞이하게 하리.
물오른 산수유
먼발치에서 밝게 웃는다.

황금 포도

햇살 고운 봄
어여쁜 아기처럼
앙증스럽게 매달렸던 어린 포도

여름철 뙤약볕에
매미들의 합창은 우렁차고
더위에 지친 바람도 잠시 쉬어 갈 때
청포도가 알알이 익어 갔다.

하늘에는 솜사탕 뭉게구름
달콤한 과일들이 무르익는 가을철
땀 흘려 수고한 농부의 손길 닿으니
청포도가 황금 포도로 변했다.

밭에서

한여름 매운 뙤약볕
붉게 타는 고추밭

남편은 주저앉아
전정가위로 고추를 따고
맴 맴 맴 맴
매미가 힘을 실어 준다.

농부의 노고도 모르고
옥수수 맛있게 쪼아 먹는
철없는 새들

잰걸음에 양파자루 가져와
옥수수를 씌워 주니
새들은 실망하여
훌쩍 뒤돌아보며 날아간다.

가뭄

봄꽃들의 향연이 끝나고
향기 진한 여름 꽃들이
제자리를 지킨다.
마을 어귀에 들어서면
무궁화 가로수가
마을회관까지 늘어서 있다.
나뭇잎의 삼분의 일이 새하얘서
자세히 보니 강한 햇볕과 고온에 데였다.
가뭄이 심하여
남편은 밭작물에 점적 호스 깔고
물 대어 주느라 여념이 없다.
농작물은 웃고 있으나
농부의 타들어 가는 마음을 알까.

감자 수확 첫날

어제저녁 즈음
감자 줄기 사이 흙살이 터져
캐어 보니 잘 여물었다.
이른 새벽부터
한 포기 한 포기
잘 가꾸어 수확한 남편의 작품
갑자기 빗방울이 떨어져
부지런히 상자에 담아
사랑하는 친구들에게 보낸다.
남편의 땀 흘림이
사랑의 비가 되어 내린다.

태안 바다에 서면

태안반도 따라가며
수채화 파란 물감 붓으로 찍어
단숨에 한 획을 그으니
넘실거리는 푸른 바다
광활하게 펼쳐지는 끝없는 태안 바다
태안 바다를, 서해 바다를
삶의 터전으로 선물 받은
자랑스런 태안의 선민들
풍요한 어장에 나아가
철따라 잡아 올리는
꽃게, 오징어, 갈치, 우럭, 광어
깃발 올리고 만선으로 들어오는
구릿빛 기쁨의 환한 얼굴들
우정 깊은 갈매기도 노래하고 춤춘다.
갯벌에서는 기쁨과 희망으로
바지락, 굴 캐고 소라 잡고 낙지 잡는다.
풍요한 기쁨의 삶 속에
가장 심각했던 기름 유출 사고로

어민들 군민들 삶의 터전이 무너졌으나
하나님도 무심하지 않으셨다.
온 국민의 자원봉사로
헌신의 띠 이어지니
사랑의 손길로 치료되었고
태안 바다는 새로 태어났다.
온 국민의 사랑과 헌신이 밑바탕이 된
태안 바다는 오늘도 용솟음치고 있다.

대합창제

내일은 싹튼 볍씨
모판에 넣는 날
발아기에서 싹튼 볍씨 건져
망사자루에 넣는다.

따뜻한 이불 고이 덮어 주고
집안으로 들어가려는데

어둠 속 논의 개구리들
목청 높여
개굴개굴 개굴개굴

풍년을 기약하는
개구리들의 대합창제

제4부

부모님 그리며

엄마와 막내아들

아버지는 일찍 세상 떠나시고
엄마는 안갯속을 헤치며
우리 육남매를 키우시면서도
한 번도 힘들다 않으셨다.

모두들 장성하여
팔십 고개 넘은 엄마 곁에
막내아들만 남았으니
한시름 놓으셨을까.

막내아들 결혼하려는데
신붓감이 엄마 모시지 않는 조건이라
결혼을 포기하고
엄마만 지극정성 공경하였다.

세월은 물 흐르듯 흘러
엄마가 쓰러져 뇌수술을 받으셨고
막내아들은 두 달 동안

병원에서 지극정성 간호하였다.

천국 가실 시간 되었을 때
호흡기를 떼었어도
마지막 순간까지 정신줄 놓지 않고
막내아들에게 유언을 남기셨다.

엄마는 영원한 안식처
아픔도 눈물도 죽음도 없는
하늘나라로 가시었다.

천지 만물도 감동받았을
엄마와 막내아들의 그 시간들은
초목처럼 푸르른 사랑이었다.

더 큰 마음의 부자

한 달 전쯤
며느리가 임신을 했다는
기쁜 소식을 안겨 준 아들은
오랫동안 사용한 승용차가
수리비 들어갈 일만 남았다면서
새 차를 신청해 놓았다는 소식도 겸했다.

부족한 돈은 이 어미와
새아기 친정집에서 반반 빌리고
내년에 갚겠다고 했다.

나는 시집 출간을 위해
계획을 세워 놓고
종자돈도 준비해 놓았었다.

돈의 임자는 따로 있나 보다.
그래도 기쁜 맘으로 주고 셈을 해보니
나는 더 큰 마음의 부자가 되었다.

남편의 질문

당신에게 나는 어떤 존재입니까?

당신은 나의 남편이자 보호자요
지금까지 함께한 친구이자
나의 가장 사랑하는 사람이오.
당신이 나를 받쳐 주지 않으면
나는 쓰러질 수밖에 없는 사람이니
내 옆에 오래오래 있어 주오.

다 듣고 나니 흡족한가 보다.

예쁜 시누이

무더위가 기승을 부리는 오후
다래나무를 올려다보니
초록 진주가 초롱초롱 매달린 것 같다.

목걸이 만들어
예쁜 시누이 목에 걸어 줄까?

시부모님께 극진히 효도하며
남편을 하늘처럼 잘 섬기고
예쁜 두 딸 백설공주처럼 잘 키워
고운 꿈 이루어 가는 아가씨

우리 부부에게도 보호자처럼
속 깊은 사랑 베풀어 주는 시누이
포근한 솜이불처럼 따사로운 마음

옆에 서 있는 사과나무가
"초록색 진주 목걸이 아가씨에게 주세요."

말하는 것만 같다.

사랑해요, 아가씨

가장의 무거운 짐

가장의 어깨가 얼마나 무거울까?
나의 지혜와 지식으로
가늠할 수 없다.

몸이 쇳덩어리인 양
무리하게 일하다 다쳐
몸에 큰 가시를 지니고 살아가는 남편

몸 사리지 않고
농사일을 조금씩 하는데
힘들면 짜증낼 때가 있다.

여보, 미안하오, 사랑하오.
나에게 짝 지어 준 그분의 뜻 받들어
당신을 더욱 사랑하겠소.

보고픔

맑고 밝게 웃음 짓는 들꽃
사랑하는 자녀와 새아기에게
가슴 가득 안겨 주고 싶다.

손자 손녀가 있음에
물밀 듯 밀려드는 보고픔
지칠 줄 모른다.

한더위는 식을 줄 몰라
냉수를 들이키게 하고
이곳저곳에서 꽃으로 피어나는
그리움 달랠 길 없어
시를 쓰며 위로를 받는다.

아들 생일날

만물이 생동하는 봄
봄비가 주는 선물로
초목이 새 옷으로 갈아입는다.

이른 꽃나무에
예쁜 꽃망울 움트니
꽃 피울 날 멀지 않음을 보며
아들이 세상에 태어난
그날을 되돌아본다.

손자 보기를 기다리시는
어른들의 마음과
내 마음을 읽으신
창조주 하나님께 감사한다.

오늘 생일을 맞은 아들에게
사계절 푸른 소나무로
건강하게 살라고 두 손을 모은다.

날마다 산책

건강의 철칙은
걸으면 살고 누우면 죽는다는 것

꼭 그래서만은 아니지만
저녁때가 되면
산책을 하자는 남편의 권유에
두말할 것 없이 따라 나선다.

삼십 분 못 되는 거리지만
편백나무가 많아
건강에 도움이 된다니
그 길을 도란도란 둘이 걷다 보면
겨울바람도 끼어들기 마련이다.

편백나무 잎이 쌓인 거리마다
보드라운 카펫 위를 걷는 것 같아
웨딩드레스를 입고
신랑 신부가 입장하는
그날처럼 느껴져 기분이 좋다.

엄마의 여름 보양식

무더운 여름철이 오면
보리밥에 열무김치 넣어
썩썩 비비고
풋고추 숭숭 썰어 넣은
즉석 된장찌개를 잘 드시던
엄마가 생각나서
내 나이 칠십이 되어
오십 년 전으로 돌아간다.

미곡상회 아저씨가
한 달에 한 번씩
쌀 네 말, 보리쌀 한 말을
쌀뒤주에 꼭 넣어주고 가셨지.
엄마, 나, 남동생
세 식구의 양식이었다.

무더운 여름철이 되면
보리밥에 열무김치, 푸성귀

된장, 고추장 넣어 맛있게 비벼서
엄마의 여름철 보양식처럼 먹으며
한더위를 견디며 향수에 젖는다.

생일을 맞이한 딸에게

청보리가 노르스름 익어 가니
종달새의 노래 높아만 간다.

봄이 말없이 비껴가니
초여름이 성큼 다가온다.

청초하고 단아한 난초 같은
우리 딸이 있어
온 집안이 늘 향기로웠다.

태어나서 지금까지
엄마 아빠에게 행복만 안겨주었으니
부러울 것 없는 세상이었다.

귀한 딸
태어난 날 기억하며
행복을 빌어 준다.

늘 굳세고 강건하고
빛과 소금의 역할 잘 감당하길 바란다.

.

부모님 그리며

5월은 계절의 여왕답게
꽃내음이 가득하고
어버이날이 있어
은혜와 사랑이 가득한 달이다.

부모님의 은혜와 사랑 잊지 못하며
하얀 카네이션 한 아름
하늘나라로 보내드린다.

날 낳으시고 길러 주신 큰 사랑
태산보다 더 높고
바다보다 더 깊고 넓으니
크신 은혜와 사랑
어찌 다 헤아릴 수 있으리오.

우리도 자녀 낳아 기르고
자녀도 손자 손녀 낳아
웃으며 사는 모습 보니

눈에 넣어도 안 아플 사랑 절절히 느낄 때
나는 나의 부모님 향한 그리움에 눈물이 난다.

카네이션 한 아름 꽃다발에
환하게 웃음 지으시는 부모님 얼굴

새아기의 생일을 맞아

오늘은 새아기가 결혼해서
두 번째 맞이하는 생일날

진한 유월의 향기
아름다운 장미꽃이
새아기 생일날에 활짝 피었다.

밤하늘 아기별도
초롱초롱 반짝인다.

언제나 강건하고 지혜롭고
사람들의 허물을 덮어 주고
사랑을 베푸는 사람이 되길 바란다.

이 세상에 귀중하게 태어나
즐거운 생일 맞이함을
축하하며 축복한다.

딸이 보낸 보양식을 받고

무더위가
훨훨 날개 펼치는 날

사랑하는 딸이
고운 마음 열어
보양식 보내 주니
뜨거운 눈물이 알알이 맺힌다.

무더위도
딸의 지극정성 부러워
잠시 날개를 접는다.

다가오는 남편 생일

따스한 봄날
남편과 장 구경 하는데
방금 잡아 온 듯한
싱싱한 홍합과 구색이 잘 맞는
미역과 곱창돌김 사고 나니
남편이 더 이상 못 사게 만류한다.
당신이 음식 만들어 주면
항상 잘 먹으니
그날이 내 생일이라며
내 손을 꼬옥 잡는다.
중천에 떠 있는 해님
우리 내외의 정이 부러운지
발그레 물든 모습 곱기만 하여라.

제5부

생의 퍼즐

새해의 새 소망

새해 첫날
푸른 하늘과
푸른 바다를 붉게 물들이며
붉은 심장으로
힘차게 떠오르는 태양
가슴 크게 열고 두 팔 벌려
벅찬 기쁨으로 맞이한다.

주어진 삶의 시간은
나이에 비례하여
빠른 속도로 이어지지만
흘러간 세월에 연연하지 않으리라.

은혜의 새 옷을 입혀 주신 그분의
지혜와 지식으로 더욱 넓혀 가는 삶
사랑의 열매가 주렁주렁 열리길
겸손함으로 더욱 인내하리.

새해의 새 소망을 담아
힘든 이웃에게 나누어 주는 일이
일상이 되기를 기원하며
남은 여정 그분의 뜻대로 살아가리.

생의 퍼즐

태어나서 지금껏
퍼즐 맞추기를 해 왔다

삶을 완성하려고 애쓸수록
더욱 꼬이고 멀어졌던 꿈들

오늘은 모든 일 미루고
용기 충전을 위해
마당에 멍석 깔고 책상 준비하니

해, 달, 별, 구름, 바람, 꽃, 나무, 새
모두 찾아와
머리 맞대어 퍼즐 맞추니 쉽게 풀린다.

칠십 고개 넘어서
삶은 나 혼자 이루어 가는 퍼즐이 아님을
새삼 깨닫는 시간이다.

사랑 타령

세상 사람들은
사랑, 사랑
사랑 타령을 많이 한다.

이 나이쯤 되고 보니
뼈다귀 해장국보다 더 진한
우정의 사랑이 최고더라.

콸콸콸
촐촐촐
촬촬촬

하고 싶은 말
다 할 수 있는 친구
그 사랑이 고맙더라.

선물

감사합니다
사랑합니다
축복합니다

이 말씀이
내 맘속에 들어와 동행하니
가장 귀한 선물

진정한 사랑

사이를 두어야 좋다.

들꽃도 사이를 두고 피어나며
구름도 여유를 두고 흘러간다.

자연의 움직임이 차이가 나도
햇빛은 모두 평등하게 비쳐 준다.

인간관계는 사랑의 대상이니
편견으로 바라보지 말자.

나보다 못난 사람 없고
누구든 나의 종속물이 아니기에
사랑하면서도 사이를 두어야 한다.

작은 기적

꽃소녀처럼 순결했던
여중 3학년 시절
반 대항 배구 대회가 열렸다.

마지막 결승전에서
여섯 반 중 나는 5반 반장이요
주장으로 막중한 책임감으로
경기에 몰입했다.

우리 반은 특별히 잘하는 선수가 없고
상대편은
뛰어난 선수들이 여러 명이었다.

시합 중반쯤 되었을까
우리 반이 밀리자
담임 선생님은 포기하고 들어가신 뒤였다.

내 차례가 되어 서브를 넣었다.

아무도 받아 내지 못하여
서브만 아홉 번 계속 넣어
우리 반이 우승을 하게 되었다.

만만하게 보던 상대방 선수들이
모두 어리둥절하며 길고 짧은 것은
대봐야 안다고 입을 모아 말했다.

우리 인생도 마찬가지
어려울 때일수록 희망과 용기를 잃지 않으면
반드시 기적이 일어날 것이라 믿는다.

그날들을 회상하며 어떤 어려움이 닥쳐도
좌절하지 않고 견디다 보니
인내의 열매는 달기만 하다.

어린 시절

6.25 전쟁 때 피난 온 큰아버지 댁에서
우리 가족 여섯 식구가 더불어 사니
대가족이 되었다.

방직 공장 부사장이셨던 아버지 부유하여
친인척들이 덕을 보며 살았고
아버지는 베푸시는 삶을 사셨다.

나는 6.25 동란 2년 후 늦가을
다섯째 딸로 태어났다.

어머니는 농사일 하시느라
나는 젖배를 많이 곯았다고 한다
다섯 살 많은 언니가 배고파 우는 나를 업고
마음속으로 많이 울었다 한다.

너무 병약하여 죽음의 문턱까지 가서
한의사를 불렀으나 나의 모습 보고

고개를 절레절레 흔들고 갔단다.

침술을 배우셨던 아버지가 마지막으로
주인공인 막내딸을 살리고자
혼신을 다해 침을 놓으셨는데
오랜 시간 끝에 생사의 길이 바뀌었다.

인생 살아오면서
죽음의 고비고비 많이 넘겼지만
지금은 건강하게 잘 살고 있다.

타인의 눈에는
비록 작고 볼품없을지라도
흘러가는 자연의 속도에 맞춰
시간의 재촉에 떠밀리지 않고
아름다운 시인으로 남길 원하며
사랑하는 삶을 살고자 한다.

사랑은 몇 채

결혼을 앞둔 막내딸 위해
강원도 겨울 추위 매섭다고
좋은 목화솜으로
두꺼운 이불 두 채를
지어 주신 나의 어머니

한 채는 곱게 간직해 두고
또 한 채는 따뜻하게 사용하니
북풍한설도 뒷걸음질 쳤다.

가까운 지인의 딸이 혼인한다기에
곱게 간직해 두었던
이불 한 채 선물로 드렸더니
두 채로 만들었단다.

차곡차곡 어머니의 사랑 담긴 이불
그 사랑 몇 겹인지 몇 채인지
헬 수가 없네.

큰 사랑

거친 파도와
바다가 만들어 준
태안 신두리의 사구

이와 같이
우리 인생도
새로워지기 위해

하루에도 수십 번
파도로 출렁이며
푸르게 살아간다.

칠십 고개 넘으니

육십 고개 넘도록 살아온 세월
강물 같은 삶을 살아내었다.

칠십 고개 넘어서
도달한 더 푸른 바다
내 삶을 메고 지고 온 고난과 역경
그 짐 다 받아 주고 묻어 준 바다

그 바다를 닮기 위해
바다 같은 사랑을 베풀련다.

주는 자의 기쁨

이른 봄에 초당옥수수 씨앗 심었는데
무더위가 절정인 중복
오늘 새벽에 수확하였다.

맛보니 당도 높은 과일 같다.
가까운 사람들에게 맛보시라고 보내니
누구나 맛있다고 고맙다고
좋아하신다.
수박, 참외보다 더 달다고 하신다.

선물을 보낸 나는
"주는 자가 받는 자보다 복이 있다."는
내 삶의 표어를 되새기며
무척 행복하다.

제6부

나는 사랑을 주는 자

할머니와 산책하던 길

병상에 계시는 할머니
휠체어에 모시고 산책하던 길
오늘은 나 홀로 걷는다.

삼라만상은 바뀌며
한 모습으로
머물러 있지 않는 것

세상 줄 놓으실 날
멀지 않으실 텐데
어디쯤에 계실까.

백화산 산봉우리에 걸린
붉게 타오르는 저녁노을
내 마음을 붙들고 있네.

나는 사랑을 주는 자

나는 요양원 요양보호사
감사와 기쁨의 일터에
내 얼굴 나타나면
모두들 외출 후 돌아온
엄마 반기듯 하신다.
자식 낳아 키울 때
예쁜 짓 미운 짓 하듯
어르신들 또한 그러하시다.
갓 태어난 제비 새끼들
어미와 아비가 정성껏 키우듯
어르신들 빈 마음
사랑으로 가득 채워 드리리라.

할머니의 힘겨운 경주

할머니와 어린 손자가
달리기 경주를 했다.
손자는 넓은 미지의 세상을 향해
마음껏 달리고 달렸다.

할머니는 힘겹게
걷다 서다를 반복하다 앉으셨다.
뒤돌아보니
앞만 보고 달려온 세월이었다.

가슴엔 희로애락이 진하게 묻어 있다.
이제는 잠시 숨 고르시다
영원한 본향을 향해 떠나실 것이다.
나는 할머니의 마지막 삶까지
등을 토닥이며
수고하셨다고 격려해 드릴 것이다.

할머니의 자녀 사랑

"할머니! 자녀들을 모두 사랑하시죠?"
"그럼, 똑같이 다 좋아."

"아드님이 따님보다 조금 더 좋으시죠?"
"다 좋아."

"할머니,
손톱만큼이라도 더 사랑하는 자녀 있어요?"
"열손가락 깨물어 안 아픈 손가락 없어."

할머니가 좋아하시는 설날

우리 고유의 명절인 설날
병실에 계신 할머니가
떡국을 맛나게 드신다.

점심에는 따님이 끓여 온 떡국을
맛나게 드시고
흐뭇한 표정을 지으신다.

떡국 두 그릇 드셨는데
몇 살 더 드셨을까요?
할머니께 여쭈어 보니
"아침과 점심 두 그릇 먹었어도
나이는 한 살 더 먹었지.
나는 개띠야."

어제는 기억도 못하셨는데
정신도 한층 맑아지시고
기억력도 기력도 더 좋아지셨다.
할머니도 설날이 좋으신가 보다.

커피 두 잔의 행복

호스피스로
할머니와 함께 한 시간들
반짝반짝 빛나기도 하고
때로는 침울하여 어둡기도 하다.

오늘은 점심 식사를 하시고
기분이 좋으신지 연신 웃기만 하신다.
커피를 권해 드리니 무척 좋아하신다.

할머니와 나는 커피를 마시며
서로 마주보고 두 눈을 맞추며 웃는다.
비로소 오늘에야 알았다.
행복이란 이런 순간이란 것을

행복의 꽃

병상에 계신 할머니
휠체어에 모시고
의료원 둘레 길을
한 바퀴 도는 중에
영산홍꽃 한 송이
오른쪽 귀에 꽂아 드리고
길가의 샛노란 민들레꽃 한 송이
왼쪽 귀에 꽂아 드리고
할머니의 예쁜 모습
사진으로 담는다.

할머니도 이 꽃처럼
새댁이라 불리었을
시절이 있었겠지.
호스피스의 자격으로
마지막까지 최선을 다해
돌봐 드려야겠다며
마음 문 열고

웃으며 대화하니
행복의 꽃이 활짝 피어난다.

제7부

시인이 되다

시인이 되다

시 부문 신인문학상 당선으로
시인으로 등단하던 때
선생님께서 난초 화분을 보내셔서
가슴이 뭉클해졌다.

선생님의 그 은혜 감사하고
갚을 길이 없어 눈물이 났다.

난초를 바라보며 시를 썼다.
시 속의 언어들이
시의 행과 연을 이었다.

편백, 금송, 해송, 찔레꽃, 인동초, 백합
그리고 풀벌레와 새들도
등단의 소식을 알아차렸는지
축하를 하는 듯하다.

선생님

고1 국어 문법 시간이었다.
똘방똘방 고운 눈망울들
선생님의 가르치심은
나라와 국민을 향한 깊은 사랑과
우리의 글 사랑하심이 가득하다.
줄기차게 탐구하시는 학문
더더욱 지혜와 지식의 탁월하심에
제자들은 가슴이 뭉클해진다.
선생님의 마음을
저울로 달 수 없는 제자 사랑하심
강인하고도 온화하신 성품
순수한 삶의 모범을 보여 주신 선생님
제자들이 모두 선생님을 존경합니다.

주름살

어느 날 하얀 별 살며시 내려와
내 얼굴의 주름살을 밝혀 준다.

몇 달 사이
눈에 띄게 나타나는
검은 티와 잔주름
사는 일이 분주하여
기초화장도 하지 못하고
선크림도 바르지 않고
모자도 쓰지 않은 채
밭에서 일한 대가였다.

누워서도 잠 못 들어
다시 일어나
시를 쓰는 나를 본
남편의 책망에도
아랑곳하지 않는다.

시 한 편을 완성하고
세상을 얻은 듯 기쁨으로 살고 있는 나는
별과 인사를 나누며
휘익 밤하늘에 획을 긋고
혼자 행복에 겨워한다.

시를 사랑하다

계절이 오고 가는 줄도 모르고
창작에 몰두하고 있다.

책상 앞에서 많은 시간이 흐르고
뜰에서나 밭에서는
동식물의 움직임이 분주하다.

시상만 떠오르면 하던 일 멈추고
시에 몰두한다.
남편은 묵묵히 나를 지켜본다.
어쩌면 마음으로 응원하는지도 모른다.

깊어만 가는 이 가을을 놓치지 않고
좋은 시를 쓰기 위해
나는 온힘을 다한다.

남편과 나는

가뭄으로 시들어 가는 나무들에게
정성을 다해 물을 대어 주니
예뻐지는 어린 사과
포동포동 살 오르는 청포도

농작물을 사랑으로 가꾸는
남편의 정성이 결실을 본다.

방안에서도
하늘과 바람을 느끼는
나만의 우주가 있음에
긴 긴 밤 시를 쓰며
행복의 볼펜을 놓지 못한다.

잃어버린 시간을 찾아
행선지 없는 과거로 돌아가
가슴으로 부르짖는 글마다
인간으로 태어난 것을 감사하며
잠을 이루지 못한다.

하얀 별꽃

밤하늘에는 큰 별들과 은하수가
신비롭기만 하다.
어린 시절 저 별들을 바라보며 꿈을 키웠고
저 우주의 세상이 어떤 곳인지
동경하며 온갖 상상을 했었다.

윤동주 시인도 별을 바라보며
시를 쓰고 꿈을 키웠겠지 생각하며
나도 오늘 밤 시를 쓰고 있다.

별이 꽃이 되기도 하고
친구처럼 여겨지기도 한다.

세상을 떠난 사람들이 별이 되어
못다 한 이승을 그리워하며
밤마다 반짝이고 있는 것은 아닌지

나는 오늘도 하늘을 올려다보며

별을 노래하고 별을 그리워하며

밤이 깊어 가는 줄 모른다.

특별 부록

서장원 님의 시

나의 남편 서장원 님은 시간 나는 대로 독서를 즐기며, 특히 시를 좋아한다. 내가 시인으로 등단한 뒤로는 나의 시를 음미하면서 나에게 큰 격려를 주어 왔다. 그런데 어느 날 시 1편을 써서 나에게 보여 주었다. 나는 좋은 시라고 생각하며, 이를 사진 찍어 문학박사 허만길 선생님께 전화기로 보내어 드렸다. 선생님께서는 시가 좋다고 하셨다. 내가 시집 출판을 준비하는 즈음, 남편은 10편의 시를 완성했다. 선생님께서는 칭찬을 하시면서 나의 시집에 〈부록〉으로 싣는 것이 좋겠다고 하셨다. 또 선생님께서는 남편이 조금만 더 노력하면 시인으로 등단할 수 있을 것 같다고 하셨다. 이를 남편에게 전했더니, 남편은 기뻐하면서도 시인으로 등단하지 않아도 괜찮으며, 시는 계속 써 보겠다고 했다.

　　허만길 선생님의 말씀에 힘을 얻어, 나의 이번 시집 『나는 사랑을 주는 자』에 남편 서장원 님의 시 10편을 실어 세상에 남기고자 한다.(배정화)

보고픈 어머니

서 장 원

어머니,
언제 불러 봐도
편안한 이름입니다.

날마다 함께 울고 웃던 그
날의 어머니가 그립습니다.

어머니가 보고 싶어
산을 향해
어머니를 불러 보기도 했습니다.

오늘은 어머니가 하도 그리워
바다를 찾아 나섭니다.
바다를 향해 큰소리로
어머니를 불러 봅니다.

바람에 실려 돌아오는

파도치는 소리가
다정한 어머니의 목소리로
착각됩니다.

어머니,
보고 싶습니다.

인생 열차

서 장 원

예전에는 몰랐네.
당신의 소중함을

으라차차
이제야 알았네.
당신이 진국임을

가슴에 서리가 내리네.
단풍이 물드네.

당신과 내가 함께 탄
인생 북방 열차는
오늘도 쉼 없이 달리네.

무더위

서 장 원

라일락 꽃향기가 사라지자
백합꽃 향기가 진동하네.

무더운 여름이 다가오니
원두막 수박밭이 춤을 추네.

냉막걸리 한 사발 목젖을 적시니
무더운 더위도 꼬리를 내리네.

당신 위주로 살겠소

서 장 원

그동안 수고가 많았소.
잠시 떨어져 있으니
가끔씩 보고 싶을 때가 있소.
그렇게 사는 것이 인생인가 보오.

여보, 사랑하오.
내가 할 말은 이것뿐이라오.
당신 위주로 살겠소.

원숙한 삶

서 장 원

이제야 깨닫소.
삶이 무엇인지
인생이 무엇인지
조금 알 것 같소.

비발디의 사계가
우리 삶을 의미하는 것 같소.

올해도 어느덧 유월 중순
포도알을 바라보니
포도의 어린 시절은
어느새 지나가고
포동포동 살이 오르려 하오.

포도에 향기가 있듯이
오늘도 당신의 향기를
마음껏 뽐내는 하루가 되십시오.

내 고향 돌고지

서 장 원

강원도 횡성군 서원면 석화리는
돌 위에 꽃이 핀다 하여 붙여진 이름

사라진 뒷동산 노송은
언제나 눈에 아련하고
봄이면 산과 들은 꽃 대궐이었다.

여름이면 냇가에 민물고기 많아
중타리, 개리, 불러지, 꺽지,
동자개, 징게, 모래무지, 메기, 뱀장어
돌 밑에는 뚝지 알이 가득하였다.

가을이면 산에 들에
머루, 다래가 손짓하였다
모두들 오라고 손짓하였다.

겨울이면 삼라만상

쉼의 시간으로 흘렀지
언제쯤 시간 내어 가 보려나
아름다운 나의 고향

하나 되는 길

서 장 원

나 홀로 길을 가다
마음에 안 드는
사람과 만나 눈이 마주친다.

내가 먼저 인사하며
작은 미소를 보낸다.
상대방도 미소 짓는다.

나는 하하 크게 소리 내어 웃는다.
그분도 나처럼 크게 소리 내어 웃는다.

우리는 웃음으로
마음이 하나 되었다.

하지가 지났는데

서 장 원

어머니 살아계실 때
풋 강낭콩 넉넉히 넣어
만들어 주신 감자범벅
오늘 따라 감자범벅이 먹고 싶다.

어머니가 더욱 그리워 정원을 둘러보니
청포도가 몽실몽실하니 보기 좋다.

할 일은 많은데
바닷가 바람이나 쐬어 볼까.

만리포에 가면
전설의 가수 이용복
그가 운영하는 까페가 있으니'
진달래 먹고 물장구 치고' 이다.

오늘은 만리포 바다로 가 보자.

백지장 한 장 차이

서 장 원

천재와 둔재
백지장 한 장 차이이다.

충신과 간신
백지장 한 장 차이이다

거지와 부자
백지장 한 장 차이이다.

강물과 바다
백지장 한 장 차이이다.

세상에 잘난 사람 없고
세상에 못난 사람 없다.

이 세상에 내 것 없고
모든 것은 잠깐의 소유물이다.

있을 때 잘하자
생명 있을 때 말이다.

바다에서

서장원

호흡할 수 있는
생명 있음에 감사하고
볼 수 있고
들을 수 있음에 더욱더 감사한다.

무더운 여름 장마철
정겨운 바다에 나오니
파도소리에 마음마저 시원하다.

산에서 지저귀는 새소리
바닷바람이 솔솔 불어 전해 주니
침묵의 내 가슴에서 날갯짓한다.

벤치에 누워 하늘을 보니
세상을 편집하고 싶은지
회색빛으로 물드는 구름

하루에도 수십 번

밀려갔다 밀려오는 바다야
너처럼 새로워지기 위해
푸른 아내와 함께 다시 찾아올게.

평론

|

배정화 시인의 시의 세계

- 자연 찬미, 자연 속 인간 투사, 진정한 환자 사랑 -

허만길(시인·문학박사)

1. 배정화 시인 소개

배정화 시인은 6.25전쟁 피난 중에 충청북도 보은군 마로면에 있는 큰아버지 집에서 1952년에 태어나고, 서울 영등포구 문래동에서 자랐다.

결혼 후 강원도 횡성에서 살다가 2004년부터 충청남도 태안군 태안읍에서 살고 있다.

나는 영등포여자고등학교 국어과 교사로 근무하면서

배정화 시인을 직접 가르쳤다. 배정화 시인은 학업 성적이 뛰어나고, 매우 착실하였으며, 친구들의 호감을 많이 받았다. 문학에 소질이 뛰어나 친구들의 관심을 끌었으며, 그를 '문학소녀'라고 했다.

배정화 시인은 고등학교 졸업 후 가정 사정으로 문학 재능을 제대로 키우지 못하고 있었는데, 고등학교 졸업 후 50년 가까이 지나 나는 배정화 시인과 연락이 닿아 문학 재능을 키우도록 격려하고 전화와 이메일로 시 창작을 지도하였다. 드디어 그는 2021년 〈월간 신문예〉를 통해 시인으로 등단할 수 있었다. 배정화 시인은 작품 연습 기간에 향상 속도가 빠르고, 우수 작품을 잇달아 내놓았다.

그는 시인 등단 후 1년 남짓 되어, 2022년 11월 시집 『나는 사랑을 주는 자』를 발간하게 되었다. 그는 농촌에서 오래도록 살면서 간병사, 요양보호사, 호스피스의 일을 해 왔는데, 그의 작품에는 자연 찬미, 농촌 생활 애정, 환자에 대한 사랑 등이 잘 드러나고 있다.

배정화 시인은 '황진이문학상'(최우수상)을 수상하였으며, 한국문인협회 회원, 한국현대시인협회 회원, 한국신문예문학회 운영위원, 아태문인협회 이사, 한국국보문인협회 회원, 동인문집 〈내 마음의 숲〉 편집위원이다.

2. 자연과 친근한 교류와 자연 찬미

배정화 시인은 자연을 소재로 한 많은 시들을 창작하였다. 나는 그 시들에서 자연과 친근한 교류를 하면서 자연을 사랑하고 찬미하고, 나아가 자연에 인간을 투사하고 있음을 본다.

또 배정화 시인의 시에서는 자신이 몸담고 있는 농촌 생활에 대한 애정이 탐스럽고, 다정다감한 가족애가 넘치고, 간병사와 요양보호사와 호스피스로서 환자에 대한 진정한 사랑이 가득함을 알 수 있다. 따라서 배정화 시인의 시들은 자연이든 농촌 생활이든 가족이든 환자이든 그 대상을 사랑으로 바라보고 교류하는 순수한 매력을 지니고 있다.

먼저 자연과 친근한 교류를 통해 자연을 찬미하는 시들을 살펴본다.

밭으로 가는 길목에
질경이 꽃이
자신을 보란 듯 피어 있다.

바쁜 걸음 멈추고

예쁘다 칭찬하니
하하호호 좋아라 웃네.

밭으로 가는 길목에
하얀 별꽃도 피어
나를 반가이 맞이한다.

바쁜 걸음 멈추고
예쁘다 칭찬하니
하늘하늘 춤추네.
　　　　　- 「길목에 핀 야생화」 전문

　시 「길목에 핀 야생화」에서는 야생화를 귀여운 어린
이처럼 바라보면서 마음을 교류하고 있다. 시인도 동심
이 가득하고 야생화도 동심이 가득하다. 야생화와 마음
을 교류하는 바탕에는 야생화를 사랑하고 찬미하는 의
도가 깔려 있다. 맑고 생기발랄한 좋은 작품이다.

　밝은 미소 머금은 사과나무
　연분홍 저고리 초록색 치마 입으니
　더더욱 아름답다.

　사과꽃이 무척이나 많이 피어

손 바르게 솎아 주는데
벌들은 사과꽃 꿀샘에 흠뻑 빠져
시간 가는 줄 모른다.

한참 지나
꿀에 취해 무거워진 몸
뒷발 탁탁 치며 꽃가루 묻히더니
쏜살같이 날아간다.

편백나무 위에선 노랑턱멧새
기분 좋아 목청 자랑한다.
-「자연의 시」 전문

시 「자연의 시」에서는 사과나무가 계절 흐름에 따라 젊고 아름다운 여인네처럼 연분홍 저고리 초록색 치마를 입는 모습의 표현은 자연을 매우 산뜻한 아름다움으로 찬미하는 것이다. 사과꽃 꿀에 흠뻑 젖어 시간 가는 줄 모르는 벌이 "꿀에 취해 무거워진 몸/뒷발 탁탁 치며 꽃가루 묻히더니/쏜살같이 날아간다."는 표현에서는 시인의 자연에 대한 관찰력도 좋거니와 소박하면서도 해학적인 표현의 극치를 이룬다.

눈부신 꽃의 순수함과 신비로움

자연의 법칙대로 질서 정연하게 피어난

산수유, 목련, 벚꽃, 개나리, 진달래,

수선화, 영산홍, 튤립

형형색색의 아름다운 꽃과

진한 향기 내게 가득 풍겨 오니

나는 고운 색동저고리

빨간 치마 입은 소녀가 된다.

- 「봄꽃이 주는 선물」 일부

시 「봄꽃이 주는 선물」에서는 자연을 찬미하면서 시인(작중화자)도 자연과 완전한 동화를 이룬다.

별이 꽃이 되기도 하고

친구처럼 여겨지기도 한다.

세상을 떠난 사람들이 별이 되어

못다 한 이승을 그리워하며

밤마다 반짝이고 있는 것은 아닌지.

나는 오늘도 하늘을 올려다보며

별을 노래하고 별을 그리워하며

밤이 깊어 가는 줄 모른다.

- 「하얀 별꽃」 일부

시 「하얀 별꽃」에서는 별을 친구처럼 여기기도 하고, 별을 온갖 상상으로 찬미하며 죽은 사람의 영혼으로까지 일체시킨다.

잎 넓은 옥수수는 수염을 기르며
빨리 열매를 맺고 싶은가 보다.
잎을 더 넓게 벌려 볕을 쬐니
곁순이 뾰족뾰족 나온다.
나도 겨드랑이에서
날개가 나올 것만 같다.
　　　　　　　- 「유월의 시」 일부

시 「유월의 시」에서는 옥수수가 수염을 기르며 볕을 쬐어 곁순이 뾰족뾰족 나오는 것을 섬세히 살피고서는 작중화자(시인)도 "나도 겨드랑이에서 날개가 나올 것 같다."라고 했다. 시인이 자연과 오죽이나 순수하게 친근했으면 옥수수의 곁순을 보고 자신의 겨드랑이에서 날개가 나올 것 같다고 했을까.

3. 자연 속 인간 투사

배정화 시인의 시들에서는 자연과 친근한 교류로 자

연을 사랑하고 찬미할 뿐만 아니라, 자연에 인간을 투사하여 자연과 인간이 경계를 이루지 않는 삶의 원리를 조명하는 특성을 지니기도 한다.

이것은 환경 문제를 극복하기 위해 생태 낭만주의(ecological romanticism)에서 자연에 대한 인간의 감성을 높이고, 인간이나 자연적 존재가 평등하다는 생명 중심적 평등(biocentric equality)을 강조하는 사상을 연상시키기도 한다.

블루베리 밭에
하얀 꽃, 연분홍 꽃이 만발하여
저절로 발걸음이 옮겨진다.

잔잔히 보고 있노라니
도란도란 말하는 소리는
제비꽃이 블루베리에게 하는 말이다

"당신은 키도 크고
좋은 열매를 많이 맺어 주니
사람들이 즐겨 먹으며
칭송을 하니 좋겠소."

"제비꽃, 당신은 키가 작고
나처럼 열매는 맺지 않으나
무척 곱고 아름다운 꽃을 피우니
얼마나 이뻐요."

제비꽃이 블루베리에게 하는 말
"사람들은 외모만 보고 판단하는데
당신은 마음 중심을 봐 주니 고맙소."

둘이 하는 말
"우리 영원히 좋은 친구가 됩시다."
                    – 「영원한 친구」 전문

시 「영원한 친구」는 식물에 인간을 투사하고 있으며,
제비꽃이나 블루베리나 인간이나 차별 없이 하나의 생
태 울타리에 있음을 인식하고 있다. 제비꽃과 블루베리
는 외모만 보고 판단하는 인간을 비판하면서 서로 장점
을 칭찬하면서 영원한 좋은 친구로 살아가자고 약속한
다. 풍자적이면서도 모든 생명체의 삶의 원리를 일깨우
는 기법과 구성이 훌륭한 작품이다.

   뜰 안에 두 소나무가 있다.

한 그루는 금송

한 그루는 해송

둘 사이의 거리가 좁아져

고민이 된다.

금송을 파 낼까

해송을 잘라 낼까

생각하는 사이에

훌쩍 큰 두 소나무

금송과 해송이 하는 말

사이좋게 지낼 게요.

－「사이좋게 지낼 게요」 전문

시 「사이좋게 지낼 게요」는 소나무를 기르며 고민하는 작중화자(시인)와 금송, 해송 두 소나무가 삼각으로 얽혔으나, 두 소나무가 극적인 해결사가 되어 세 존재는 아름다운 상생과 화합의 대단원을 이룬다. 시인이 사물을 이해하는 감성이 예민한 감동적인 훌륭한 작품이다.

어미 오리와

아기 오리 네 마리

한가로이 놀이터에서 놀고 있다.

즐겁게 놀던 중

어미 오리가 갑자기 사라졌다.

아기 오리들 뒤뚱거리며

엄마를 찾고 있을 때

먼 거리에 어미 오리가 나타났다.

아기 오리들이 쏜살같이 달려가

엄마 오리를 둘러싸고

안심이라도 한 듯 종종거리는 것을 보고

엄마 없는 아이들이 생각난다.

－「오리 가족」 일부

시 「오리 가족」에서는 어미 오리와 아기 오리 네 마리의 가족이 살아가는 모습 곧 생태(ecology)를 관찰하고 쓴 시이다. 갑자기 어미 오리가 보이지 않자, 아기 오리들이 당황하면서 엄마를 찾고 있을 때 먼 거리에서 어미 오리가 나타난다. 아기 오리들이 쏜살같이 달려가 엄마 오리를 둘러싸고 안심하듯 종종거리는 것을 보고, 시인은 엄마 없는 아이늘이 생각난다고 했다. 시인은 자연과 인간을 평등하게 바라보면서 생명체의 부모와 자식 관계의 중요성을 새삼 깨닫게 한다.

어미는 교관이고
새끼 여덟 마리는 교육생
넓게 펼쳐진 운동장에서
새끼들이 거미줄 따라
앞으로 뒤로 오가며
열심히 교육을 받고 있다.

하루가 지나
다시 교육 현장에 가 보니
어미와 새끼 두 마리만 남아
수업 중인 듯하다.

무슨 일이든 오랜 시간 노력하고
경험을 쌓아야
튼튼하고 안전한 집을 지으리라.

                                    - 시 「거미의 교육장」 일부

　시인은 거미의 교육 생태를 적어도 이틀에 걸쳐 관찰하고, 여기에 거미이든 인간이든 오랜 시간 동안 노력하고 경험을 쌓아야 좋은 성과를 거둘 수 있다는 삶의 원리를 강조하고 있다.

4. 농촌 생활 애정

오래도록 농촌에서 생활해 온 배정화 시인의 시에는 자연과 친근한 교류를 하면서 자연을 사랑하고 찬미하고, 나아가 자연에 인간을 투사하여 자연과 인간이 경계를 이루지 않는 삶의 원리를 조명하는 내용이 많다.

또한 배정화 시인은 농촌에서 가정일과 농사일을 하면서 오래도록 살아왔기에 그의 시에는 농촌 생활에 대한 애정이 깊이 서리어 있다.

장항아리
옹기종기
서열대로 앉았다.
각각 다른 모양이나
주인의 사랑을 받으니
반짝반짝 더욱 빛난다.

수십 년의 연륜 쌓인
간장, 된장, 고추장 넣어
온갖 건강 음식 만든다.

전통 장맛 지키리라.

－「장항아리」 전문

시 「장항아리」에서는 장항아리가 서열대로 앉았다는
멋진 표현에다가 전통 장맛 지키려는 농촌 가정주부로
서의 결의도 서려 있다.

각종 씨앗과
모종을 심는다.

퉁퉁 불은 젖을
배고픈 아기에게 물리듯이
흙이 흠뻑 젖도록
비가 내린다.
비가 걷히니
기다렸다는 듯
초여름 햇살이 뜨겁게 달군다.

씨앗은 여기저기서
툭탁툭탁 터지며
자기만의 몸짓으로
춤추며 자란다.
                    – 「초여름이 달군다」 전문

시 「초여름이 달군다」에서는 밭에 씨앗을 뿌린 뒤 비
가 흠뻑 내린 것을 어머니가 퉁퉁 불은 젖을 배고픈 아기에게 물리듯 하다는 표현으로 하고, 이어서 햇살이 뜨겁게 달구고, 드디어 씨앗이 툭탁툭탁 소리 내어 터지며 싹이 춤추듯 나온다고 했다. 시간 생략과 의성어의 활용과 공감각적 표현이 매우 돋보인다.

비 온 뒤의 하늘은
구름 한 점 없는
푸른 바다

화덕에 솥 걸고 콩 삶는데
물 끓어 넘쳐 잰걸음에
된장 한 숟가락 넣으니
얌전한 새아씨

파란 바다 날으는 비행기는
웅 웅 웅
뜸들이라 재촉하고

복숭아꽃 영산홍은
날 봐 달라 재촉한다
　　　　　－「봄의 싱그러움」 전문

시 「봄의 싱그러움」은 봄철에 농촌 가정주부의 분주한 모습을 아름다운 영상처럼 그렸다. '물이 끓어 넘쳐/된장 한 숟가락 넣으니/얌전한 새아씨.'도 아름다운 영상이고, 복숭아꽃과 영산홍이 바쁜 가정주부에게 날 봐 달라 재촉하는 것도 아름다운 영상이다. 싱그러운 봄을 아름다운 영상으로 처리한 좋은 작품이다.

고추 모가 제법 튼실하다.
애정으로 심어 놓으니
줄줄이 제몫을 다하니 보기 좋다.

음식 장만에 채소가 귀중하다 해도
고추보다 더 귀중하랴.

해가 서산으로 넘어가고
밝음과 어둠이 교차하는 순간
냉이꽃 유채꽃이 춥다고 몸을 움츠린다.

잘 심어진 고추 모종들
버팀대 꽂고 부직포 씌워 주니
고추 농사 반은 지은 셈이다.

어둠이 몰려와

우리 부부는 일손을 멈추고

밀레의 저녁 종소리를 연상하며

둥지 속으로 들어간다.

- 「고추 심는 날」 전문

시 「고추 심는 날」은 어둠이 몰려올 때까지 고추 심는 일을 하고 밀레의 저녁 종소리를 연상하며 집으로 돌아가는 농촌 부부의 부지런하고 소박하고 고전적이면서도 낭만적인 분위기가 가득한 좋은 시이다.

농민들에게 친근한 농협 마트

우리는 자급자족하기에

가뭄에 콩 나듯 드나드는 그곳

온갖 상품이 질서정연하게 선보이나

나의 카트에 담은 것은

필수품 두 가지와

천혜향 한 박스

매장 한 켠에 자리 잡은

꽃들의 아름다운 자태

소비자의 마음을 잡아보려 하나

먼 산 보듯 한다.

농산물과 해산물 생활필수품
진열장에서 하품만 하고 있는 것 같아
안타깝기만 하다.
　　　　　　　－「불경기」 전문

시 「불경기」는 농촌 농협 마트에 온갖 상품이 진열되
어 있으나, 불경기로 말미암아 상품들이 팔리지 않고 하
품만 하고 있는 안타까움을 읊고 있다. 시인의 농촌 애정
이 강렬하게 느껴진다.

위에 인용한 시 외에 농촌 생활의 애정이 잘 풍기는 시
로는 「볏짚 세 단과 마늘종」, 「옥수수 밭에서」, 「사랑해
요 브로콜리」, 「가지치기」, 「황금포도」, 「밭에서」, 「가뭄’,
「감자 수확 첫날」 등이 인상적이다.

5. 다정다감한 가족사랑

배정화 시인의 시들에는 가족을 향한 다정다감한 사랑
이 따스하게 담겨 있다. 부모와 남편과 자녀와 시누이와
며느리와 손주를 향한 사랑이 꽃물처럼 곱고 아름답다.

5월은 계절의 여왕답게

꽃내음이 가득하고

어버이날이 있어

은혜와 사랑이 가득한 달이다.

부모님의 은혜와 사랑 잊지 못하며

하얀 카네이션 한 아름

하늘나라로 보내드린다.

    (중간 생략)

카네이션 한 아름 꽃다발에

환하게 웃음 지으시는 부모님 얼굴

        - 「부모님 그리며」 일부

시 「부모님 그리며」에는 5월 어버이날을 맞아 하늘에 계신 부모님의 은혜와 사랑을 잊지 못하며 하얀 카네이션 한 아름을 하늘나라로 보내고서 환하게 웃음 짓는 부모님 얼굴을 상상하는 갸륵한 마음씨가 잘 드러나 있다.

당신에게 나는 어떤 존재입니까?

당신은 나의 남편이자 보호자요

지금까지 함께한 친구이자

나의 가장 사랑하는 사람이오.

당신이 나를 받쳐 주지 않으면

나는 쓰러질 수밖에 없는 사람이니

내 옆에 오래오래 있어 주오.

다 듣고 나니 흡족한가 보다.

- 「남편의 질문」 전문

시 「남편의 질문」은 짧은 시이지만, 부부 사이의 사랑과 신뢰와 만족스러움이 잘 나타나 있다. 부부 사이의 소박하면서도 충만한 사랑은 시 '다가오는 남편 생일'에서 "싱싱한 홍합과 구색이 잘 맞는/미역과 곱창돌김 사고 나니/남편이 더 이상 못 사게 만류한다./당신이 음식 만들어 주면/항상 잘 먹으니/그날이 내 생일이라며/내 손을 꼬옥 잡는다."라고 한 대목에서도 잘 나타난다.

청초하고 단아한 난초 같은

우리 딸이 있어

온 집안이 늘 향기로웠다.

태어나서 지금까지

엄마 아빠에게 행복만 안겨주었으니

부러울 것 없는 세상이었다.

귀한 딸

태어난 날 기억하며

행복을 빌어 준다.

- 「생일을 맞이한 딸에게」 일부

시 「생일을 맞이한 딸에게」에는 결혼한 딸의 생일을 맞이하여 귀한 딸을 키우면서 부모로서 너무도 행복했던 시절을 회상하며 축복하는 마음이 잘 나타나 있다.

가족을 위한 다정다감한 사랑의 시로는 이 밖에도 「엄마와 막내아들」, 「더 큰 마음의 부자」, 「예쁜 시누이」, 「가장의 무거운 짐」, 「보고픔」, 「아들 생일날」, 「날마다 산책」, 「엄마의 여름 보양식」, 「새아기의 생일을 맞아」, 「딸이 보낸 보양식을 받고」 등이 있다.

6. 진정한 환자 사랑

배정화 시인의 시에서는 간병사, 요양보호사, 호스피스로서 환자를 진정으로 위하고 진정으로 사랑하는 모습이 잘 드러나 있다. 이것은 시인이 좋은 심성과 인간성과 인간미를 간직하고 있기 때문이다.

나는 요양원 요양보호사

감사와 기쁨의 일터에

내 얼굴 나타나면

모두들 외출 후 돌아온

엄마 반기듯 하신다.

자식 낳아 키울 때

예쁜 짓 미운 짓 하듯

어르신들 또한 그러하시다.

갓 태어난 제비 새끼들

어미와 아비가 정성껏 키우듯

어르신들 빈 마음

사랑으로 가득 채워 드리리라.

　　　　　－「나는 사랑을 주는 자」 전문

시 「나는 사랑을 주는 자」에서는 "내 얼굴 나타나면/
모두들 외출 후 돌아온/엄마 반기듯 하신다."는 대목에
서 시인의 진정한 환자 사랑을 이해할 수 있다. "어르신
들 빈 마음/사랑으로 가득 채워 드리리라."는 대목에서
시인이 환자를 대하는 곱고 따스한 마음씨를 짐작할 수
있다.

병상에 계시는 할머니

휠체어에 모시고 산책하던 길

오늘은 나 홀로 걷는다.

(중간 생략)

세상 줄 놓으실 날

멀지 않으실 텐데

어디쯤에 계실까.

백화산 산봉우리에 걸린

붉게 타오르는 저녁노을

내 마음을 붙들고 있네.

-「할머니와 산책하던 길」

시 「할머니와 산책하던 길」에서는 시인이 보살피던 할머니가 세상 줄 놓으실 날 멀지 않으실 텐데 지금은 어디쯤 계실까 하고 애틋한 마음을 가누지 못하고 있다.

병상에 계신 할머니

휠체어에 모시고

익료원 둘레 길을

한 바퀴 도는 중에

영산홍꽃 한 송이

오른쪽 귀에 꽂아 드리고

길가의 샛노란 민들레꽃 한 송이

왼쪽 귀에 꽂아 드리고

할머니의 예쁜 모습

사진으로 담는다.

할머니도 이 꽃처럼

새댁이라 불리었을

시절이 있었겠지.

호스피스의 자격으로

마지막까지 최선을 다해

돌봐 드려야겠다며

마음 문 열고

웃으며 대화하니

행복의 꽃이 활짝 피어난다.

- 「행복의 꽃」 전문

시 「행복의 꽃」에서는 시인이 호스피스로서 할머니를
극진히 돌봐 드리는 보람과 행복감이 잘 나타나 있다.
배정화 시인은 간병사, 요양보호사, 호스피스로서 환자
를 보살피는 것을 소재로 한 시로는 이 밖에 「할머니의
힘겨운 경주」, 「할머니의 자녀 사랑」, 「할머니가 좋아하
시는 설날」, 「커피 두 잔의 행복」 등이 있다.

7. 맺는말

위에서 배정화 시인의 시집 『나는 사랑을 주는 자』를 통해 배정화 시인의 시의 세계를 살펴보았다.

배정화 시인은 자연을 찬미하고, 자연에 인간을 투사하여 자연이나 인간의 삶의 원리를 조명하고 있으며, 농촌 생활에 대한 애정이 탐스럽고, 다정다감한 가족애가 넘치고, 환자에 대한 진정한 사랑이 가득하다. 배정화 시인의 시들은 자연이든 농촌 생활이든 가족이든 환자이든 대상을 사랑으로 바라보고 교류하는 순수한 매력을 지니고 있다. 그는 시의 소재와 구성을 창의적이고 다양하고 능숙하게 처리하는 뛰어난 능력을 지니고 있다.

시 「자연의 시」, 「봄꽃이 주는 선물」, 「길목에 핀 야생화」, 「영원한 친구」, 「사이좋게 지낼 게요」, 「봄의 싱그러움」, 「할머니와 산책하던 길」, 「나는 사랑을 주는 자」, 「행복의 꽃」은 아주 좋은 작품으로 평가하고 싶다.□

시와함께(Along with Poetry) 시인선 019

배정화 시집

나는 사랑을 주는 자

인 쇄   2022년 11월 10일

발 행   2022년 11월 15일

지은이   배정화

펴낸이   양소망

펴낸곳   도서출판 넓은마루

주 소   (03132) 서울특별시 종로구 삼일대로 30길21, 1103호(낙원동, 종로오피스텔)

전 화   02-747-9897, 010-7513-8838

이메일   withpoem9@hanmail.net

출판등록   제2019호-000100호

인쇄 · 제본   (주)지엔피링크

저작권자 ⓒ 2022, 배정화

ISBN 979-11-90962-18-6(04810) 979-11-90962-04-9 (세트)

값 12,000원